一個人

莫渝——著　劉岱昀——插畫

存在主義下的獨和單
──讀莫渝的詩集《一個人》

楊　風

a.

　　孤獨，或是莫渝在〈自序：獨與單〉裡所說的「獨」
和「單」，也許是每一個人都必須面對的情緒。許多古
代的中國詩人，都處理過這個令人頭痛的問題。

　　初步統計分析，古代中國詩人，處理這個問題大體
有下面幾種：

1.懷念故鄉或親人的孤獨詩，例如：

唐·崔塗〈除夜／巴山道中除夜書懷／除夜有懷〉中
的「亂山殘雪夜，孤燭異鄉人。漸與骨肉遠，轉於僮僕
親」。

2.懷念朋友遠離的孤獨詩，例如：

北宋·晏殊〈蝶戀花／檻菊愁煙蘭泣露〉中的「明月不諳

離恨苦，斜光到曉穿朱戶。昨夜西風凋碧樹，獨上高樓，
望盡天涯路。欲寄彩箋兼尺素，山長水闊知何處？」

3.獨自一人自娛的孤獨詩，例如：

唐‧王維〈竹里館〉中的「獨坐幽篁裡，彈琴復長嘯。
深林人不知，明月來相照。」

又如：

唐‧李白〈月下獨酌四首‧其一〉中的「花間一壺酒，
獨酌無相親。舉杯邀明月，對影成三人。月既不解飲，
影徒隨我身。」

4.獨自一人行動的孤獨詩，例如：

唐‧杜甫〈江漢〉中的「江漢思歸客，乾坤一腐儒。片
雲天共遠，永夜月同孤。」

5.對生活無奈、無望的孤獨詩，例如：

唐‧陳子昂〈登幽州台歌〉中的「前不見古人，後不見
來者。念天地之悠悠，獨愴然而涕下。」

又如：

北宋‧李清照〈聲聲慢〉中的「尋尋覓覓，冷冷清清，
淒淒慘慘戚戚。……」

以上五類中國古詩人的孤獨詩，都和個人的遭遇有
關，無關大眾事務。但還有一類中國古詩人的孤獨詩，

卻和國家民族有關。這些孤獨詩可謂是中國古詩的特色，為數甚夥，在西洋，這是很少見的。這可能和中國古詩人（文人），肩上肩負著國家民族大義的儒家思想有關。也許我們可以把這類的孤獨詩，列為第六種──政治孤獨詩。這類政治孤獨詩為數甚多，我們僅舉戰國時期的屈原和南唐末代君主李煜（李後主）為例：

6.政治孤獨詩，例如：

屈原〈思美人〉中的開頭幾句：「思美人兮，攬涕而佇眙。媒絕路阻兮，言不可結而詒。蹇蹇之煩冤兮，陷滯而不發。」以及最後一句：「獨煢煢而南行兮，思彭咸之故也。」

又如：

李煜〈浪淘沙〉中的「夢裡不知身是客，一晌貪歡。獨自莫凭闌，無限江山，別時容易見時難。流水落花春去也，天上人間！」〈清平樂〉中的「別來春半，觸目柔腸斷。砌下落梅如雪亂，拂了一身還滿。雁來音信無憑，路遙歸夢難成。離恨恰如春草，更行更遠還生。」

　　孤獨詩除了極少數的例外（例如屬自娛詩的王維〈竹里館〉），大體是悲傷的。莫渝雖然略有不同，但悲傷的氣味，大體還是可以嗅到的。他在〈自序〉裡

這樣剖析他自己的性格：「檢視自己的個性：內向、悲
觀、不易表達意見、不想公開心情心事。」他從專校畢
業紀念冊，相照下的兩句題詞（它們是莫渝兩首詩中的
句子），引來證成他的這種性格：

> 〈睡〉：「我是獨來獨往的飛鳥，握有頂帥的時
> 空」。
> 〈煙之奈何〉：「是霧，就喜悅清晨的乳白，是
> 化羽的尼古丁，就撇開一切，獨自矚視悲劇性的
> 寒涼」。

莫渝這種孤獨，也許是悲傷的，但不純然都具負面
意義。他說：

> 1970年代接觸法國詩文學，獨鍾杜伯雷、波德萊
> 爾，也心儀維尼，尤其他的話語：「懦怯卑劣的
> 野獸往往成群結隊，只有雄獅獨自徘徊傲視曠
> 野。詩人也如是獨來獨往。」

在這裡，莫渝把他悲傷的孤獨，化為和雄獅一樣，

傲視曠野的正面力量。他還認同心儀維尼的話：「詩人
也如是獨來獨往。」我記起紀弦的〈狼之獨步〉，也許
稍可比擬莫渝的這種豪氣吧！

　　　我乃曠野裡獨來獨往的一匹狼。
　　　不是先知，沒有半個字的歎息。
　　　而恆以數聲淒厲已極之長嗥
　　　搖撼彼空無一物之天地，
　　　使天地戰慄如同發了瘧疾；
　　　並颳起涼風颯颯的，颯颯颯颯的：
　　　這就是一種過癮。

β.

　　黃泉路上當然獨行，而走上黃泉路之前的人生，
又何嘗不是常常獨行？莫渝先是引了法國啟蒙時期大師
盧梭晚年的散文集《一個孤獨散步者的遐想》，還有
英國浪漫主義詩人華茲華斯的〈我獨自漫遊如一朵雲〉
以及1946年諾貝爾文學獎得主德國赫曼‧赫塞《悠遊之
歌》，來談孤獨。最後則引了一段《比利提斯之歌》

〔法國詩人皮埃爾・路易（Pierre Louÿs），模仿古希臘同性戀女詩人薩福（莎芙，Sappho）所創作的146篇優美散文詩〕結尾的〈最後墓誌銘〉，說：「我，看不到的陰魂漫步在阿福花（地獄之花）的蒼白草原上，陽間生命的回憶是我陰間生命的喜悅。」莫渝總結地說：

　　黃泉路上當然獨行，生前，許多場合，何嘗不也一個人！ Seul、Single、Alone。

　　孤單嗎？一個人。很多時候，都是一個人！
　　寂寞嗎？一個人。群聚之後，歸回一個人！

　　莫渝甚至還說：他願意以杳無人煙的沙漠，做為他的歸宿（見：《輯一、一個人・一個人的沙漠・附錄：X沙漠》）：

　　嚮往沙漠。我走向沙漠。停在一處淨土。我選擇這塊淨土居住。……我不知道它的名字，然而，卻是打心底認定找到的夢寐土地。
　　來之前，朋友說我前生必定是印度的僧侶，避開

人群，遁入沙漠。

這是一個人的沙漠。不適合你來。不適合有伴。
一個人如何在沙漠生活生存？我不知道。
我選擇這塊土地。應該說是歸宿。

　　莫渝為什麼選擇沙漠作為他的歸宿，也許正如他自
己所說的：

選擇X沙漠
為了看一場轟轟烈烈的日落
豔照西天不同層次的血紅色落日
　　　　　（《輯一、一個人‧一個人的沙漠》。）

　　然而，更深沉、更「潛意識」的原因，可能是一種
生命「走到窮途末路」的無奈吧？

猛然　驚懼這心痛的抉擇
走到窮途末路？
　　　　　　　　　　　　　（同上。）

　　本文一開頭，把古代中國詩分類成幾個類型，第一類就是懷鄉的孤獨詩。這詩，我們在莫渝的這本詩集裡，也可以找到；例如：

　　　　一個人喝黑咖啡
　　　　黑咖啡　純又清
　　　　………
　　　　黑，一直存在
　　　　緊緊纏黏異鄉人的苦澀眉頭
　　　　無遣的生命汁髓
　　　　　　　　（《輯一、一個人‧一個人的咖啡》）

　　這一直「緊緊纏黏異鄉人的苦澀眉頭」的「黑」，是怎樣的一種「黑」呢？莫渝說：

　　　　黑咖啡深不可測漩渦似的黑洞
　　　　無以言說的黝邃
　　　　只讓炯亮的雙眼逡巡全墨墓室
　　　　遭鎖住的失慌恐懼渾身上下流竄

　　直等倦怠侵入

　　　　　　　　　　　　（同上。）

　　也許，異鄉人之所以感受到苦澀，正是這種咖啡的黑吧！

　　想念友人的孤獨詩，是古詩的重頭戲之一，而在莫渝的詩集裡，也可以找到例如《輯一、一個人・一個人望雨》、〈《輯一、一個人・一個人的水岸》。其中，〈一個人望雨〉這樣說：

　　臘月的細雨
　　想念妳撐著花傘
　　獨自走過街衢
　　（因而，冬天有點絲絲的浪漫花俏）

　　　　　　（《輯一、一個人・一個人望雨》。）

　　莫渝的位置「不時移動中」，他走過「窄小候車亭」、「行駛的公車窗邊」，還有「漫走騎樓」，最後來到「兩人並坐過的咖啡屋臨街」。這時，「雨，飄飄的」，「眼前潤蝕的落葉緊接地氣／有風　吹不動／我

耽溺在微雨天的隱斂」。（同上。）

　　政治詩，是古詩的大宗，莫渝的詩集裡，也有一首。但卻站在批判的立場，雖談「獨」，卻不是人（詩人作者）的孤獨，而是國家的獨立。同時，也沒有古詩的悲憤之情：

　　　　獨裁者以革命起家
　　　　反對他人用「革命」一詞
　　　　他，都是反革命份子

　　　　翻開獨裁者的書
　　　　字典裡
　　　　挖空「獨立」語詞

　　　　　　　　　　（《輯二、獨或單・獨裁者》。）

Ｙ・

　　筆者的大學時代（1960年代），是存在主義（Existentialism）盛行的年代。受到這一新思潮的重大影響。書包裡放著的，是尼采的《蘇魯支語錄》（《查

拉圖斯特拉如是說》）、卡繆的小說《異鄉人》，以及
深受存在主義影響的海明威名作《老人與海》，嘴裡談
的則是尼采的「超人」、沙特的「存在先於本質」、齊
克果的「上帝已死」、卡繆的「荒謬」，還有海德格的
「被拋擲性」（thrownness）。即每個人都是被拋擲進
這個世界，無法決定自己的出生，也不可能預先決定自
己是否要存在。

　　莫渝小我五歲，應該也受過存在主義的洗禮。在他
的〈自序〉裡，還有詩作裡，存在主義的人名、書名和
思想，處處可見。例如，

　　　儼然在高山頂呼喊的尼采
　　　化身蘇魯支　向全世界宣稱：
　　　車站的主人，我！
　　　我擁有一座車站！
　　　　　　　　（《輯一、一個人・一個人的車站
　　　　　　　　──聆畫家李欽賢說的鐵路故事》。）

而這座火車站，則是被世人遺忘的、寂寞的車站：

一座車站
沒人在意的建築物　無人看管
寒傖猶亭亭　簡陋卻牆宇俱全
孤寂如深山　荒涼似廢墟
主人離家？

又如：

喝咖啡
重讀《異鄉人》
找尋書裡出現咖啡的意義
………
午後
重讀《異鄉人》
重疊著不同時空下兩個人的咖啡
沉思
如何以喝不喝「咖啡」為由
替Meursault辯解說情？

咖啡時間

一個存在主義的悶熱午後思維

（《輯一、一個人・

一個存在主義的午後咖啡》。）

　　詩中的Meursault（莫梭），是《異鄉人》裡的男主角，一個冷漠的法國阿爾及利亞人。《異鄉人》的主旨，或是說存在主義的主旨是：就如海德格的「被拋擲性」（thrownness）所說的，每個人都是被「拋擲」進這個世界，無法決定自己的出生，也不可能預先決定自己是否要存在。也像沙特所說的，人的存有狀況，如詛咒般給予人的極端自由，這些背後都沒有理由解釋，都是荒謬的。卡繆依據這些說法，以為：這種「被拋擲性」或「荒謬性」，就是人之所以為人的特色。

　　這一特色，就表現在《異鄉人》之中。男主角莫梭，雖然參加了母親的葬禮，但並沒有流露出傷心難過，反而無視於道德教條，在葬禮隔天與女友做愛。後來又槍殺了一個阿拉伯人。種種行為既無關於他是否不愛他母親，也無關他是否討厭那阿拉伯人。在等待審判的期間，作者用了很多篇幅，凌亂片段地交代莫梭過往

生活中的荒謬事件。最後在面對審判時，莫梭表現得滿
不在乎。當被問到殺人動機時，他竟回答：「都是太陽
惹的禍。」

　　莫渝在詩裡問著：『如何以喝不喝「咖啡」為由／
替Meursault辯解說情？』莫渝補充說：這是「一個存在
主義的悶熱午後思維。」（同前。）然而，人就是如此
「荒謬」，Meursault自然不例外，有什麼「不荒謬」的
理由，可以為他辯解？

δ.

　　在莫渝的詩作中，存在主義的思想主要表現在兩個
地方：一、海德格的「被拋擲性」，人是被「拋擲」出
來的，無法決定自己的生命、自己的存在。二、人的存
在是無奈、無助的。

　　在《輯一、一個人・一個人的曠野》這首詩裡，莫
渝這麼說：

　　到處遭驅趕
　　無親可依無所可避

………

茫然

骰子擲出去

有聲無聲

都將命運交給了曠野

　　這裡莫渝說到，他之所以一個人獨自在曠野裡，「將命運交給了曠野」，並不是自願的，而是被逼迫的。這就像海德格所說的人，人不是自願來到這世間，而是被「拋擲」出來的。人是無法決定自己的生命和存在的。

　　因此，人是無奈的，是無助的。這樣的詩，在莫渝的這本詩集裡，屢見不鮮。例如：

轉個彎

安靜的巷弄內

………

諾大的雅致空間

留白

獨讓我的思維進駐

………

誰來不來都無關緊要

偶爾路人探頭

這不如那幾棵小葉欖仁的悠閒

白楊樹的影像浮貼落地窗

隔層毛玻璃

莫內領隊的印象畫派已被拋至千里

………

音樂捲走午後時光

杯底的咖啡沒有續留之意

不等天黑

日落即離開

沒說再見

深怕打破沉靜

縱然有溫馨的感覺

在這首平舖直訴，沒有什麼起伏、高潮的詩裡，描

寫的是一個人無所事事地在咖啡館裡渡過一整個下午，無疑，那是現代人的孤獨感和無聊感。「誰來不來都無關緊要／偶爾路人探頭／遠不如那幾棵小葉欖仁的悠閒」。「白楊樹的影像浮貼落地窗／隔層毛玻璃／莫內領隊的印象畫派已被拋至千里」。這些詩句，都讓人想起人的無可奈何和孤獨。

　　同樣屬於描寫生活的無奈、無望的孤獨詩來說，莫渝的這類詩，就沒有陳子昂那種悲憤填膺的激動。中國古詩，不管哪一類型，感情都比較直接，痛苦就說痛苦，歡樂就說歡樂，淒涼就說淒涼。也許，同屬中國詩人的紀弦，他的〈狼之獨步〉，或許堪可比擬。相反地，在莫渝的詩裡，卻很少（應該完全沒有）訴諸這種激情。筆者以為，莫渝的這種詩風，才足以顯示存在主義之下的無奈、無望和孤獨。那種無可奈何的孤獨，不是大聲急呼「念天地之悠悠，獨愴然而涕下」所能傳達的。

　　儘管莫渝因孤獨而悲傷的感情是含蓄的，但由孤獨而導向悲傷，往往是莫渝詩的必然結果：

　　　不到雪鄉，寒冬深夜，一個人要讀《雪國》

讀著讀著

《雪國》幻成《徒然草》

（《輯一、一個人・寒冬深夜，

一個人讀《雪國》》）

　　《雪國》是川端康成的小說，裡面不談存在主義，也不談無奈、無望等「荒謬」的問題。但從讀著讀著，《雪國》卻成了《徒然草》。《徒然草》是1300年代日本歌人吉田兼好的散策隨筆。書名的日文原意為「無聊賴」，因此也可以譯為「排憂遣悶錄」。主題環繞無常、死亡等等問題，有著存在主義的幾分意味。讀《雪國》，竟然「幻成」談論無常、死亡的《徒然草》。彷彿在莫渝的詩作裡，無常、死亡這些存在主義式的人生「荒謬」事情，才是他最關心的。

３.

　　在《輯一、一個人》當中，有幾首詩是寫給三個古代中國詩人——李白、陶淵明、蘇東坡，和一個當代的外國詩人——波德萊爾。其中，寫給陶淵明的詩，是

值得注意的。詩的名字叫〈一個人的形影神——邀陶淵明〉。這是針對陶淵明的三首組詩《形影神》而寫的一首詩。陶淵明的三首組詩是：〈形贈影〉、〈影答形〉、〈神釋〉。

在〈形贈影〉中，形對影說：人生苦短，要即時行樂，多多飲酒。在〈影答形〉中，影對形說：正因為人生苦短，所以必須多做善事，留個好名聲。最後〈神釋〉（神：精神）說：形和影所說各有缺點。順應天命，放浪於造化之間。聽從天的安排，順其自然，不因長生而喜，也不因短壽而悲。

而莫渝則質疑地問：

　　要喝多少酒
　　我形才動
　　我影才跟著舞
　　我神清醒或飄或茫酥酥
　　誰會動腦猜到？

莫渝在註解裡下結論說：『陶淵明的形影神詩把一個人的「獨」詮釋透徹（不言「最」透徹，保留迴還

空間。）』又說：「言說三位一體，應該和諧，事實不然。」否定了陶淵明所謂形、影、神三位一體能夠成功的可能性。

從存在主義的立場來說，形、影、神無法三位一體，那是因為人一旦被生下來（被「拋擲」下來），就注定有不可彌補的缺陷。這也是人之所以為人的無奈和悲哀！

有人說：就如形勸影多飲酒的贈言中說：「願君取吾言，得酒莫苟辭。」這正如一位主人請一位朋友來對酌而惟恐其推辭。後來李白《月下獨酌》中說的「舉杯邀明月，對影成三人。月既不解飲，影徒隨我身」等等，也是採取陶詩之意。「必然的月光酒／不必然的花間／古人今人必然同醉」（《輯一、一個人‧一個人的酒杯──邀李白》。）也許吧！

《輯一、一個人》中，還有一個嚴肅的問題：如果荒謬是存在主義的重要課題，那麼喜歡黑暗，甚至喜歡魔鬼，是否也是存在主義下的特殊詩作？如果是，那麼莫渝的詩集，就有這樣的一首：

寧可不思不想

無光可尋可巡

擁抱漆黑

被闇暗裹住

直等

午夜的幽冥邃深

在孤寂凝視中

觸及澄澈的靈明之光

………

信仰黑暗

接近撒旦

生命裡的晦冥時刻熱切摯愛

　　　　　（《輯一、一個人‧一個人的闇暗》。）

乙.

　　在莫渝的詩集裡，除了《輯一、一個人》和《輯二、獨或單》之外，還有《輯三、流雲小集（輕體詩30首）》。這一輯詩的開頭，有個【前引】，是首小詩：

如何用我

衰赭的晚霞

換妳

妍紅朝雲

　　讀到這四行美麗的詩句，就迫不急待想繼續讀下去！

　　在這輯《流雲小集》裡，每一首都像【前引】那四

句詩一樣，短巧而美麗。這讓我想起日本俳聖松尾芭蕉

的俳句，還有印度詩人泰戈爾的《漂鳥集》。現在，就

讓我信手拈來幾首，做為本文的美麗結尾吧！

　　★03.

雨後

雲，停滯腳步

為了等候一雙眼睛

同戀秋日的靜美時光

★ 18.

窗外流雲瞬時投影

浪漫的心跟著移

夢裡落葉覆身

　　這些美麗的短詩，也不完全與人間煙火味無關；下面這首就和正在肆虐全球的新冠肺炎有關：

★ 24.

封邊境封城鎖國

都是人為

誰能勒令留住雲呢？

　　最後，筆者還要引一首莫渝的短詩，因為它似乎與本文所討論的存在主義有關──每個人都是被「拋擲」出來的，沒有辦法決定自己是否應該或以什麼方式存在，因此，只能看淡一點，成為「平凡孤單清閒」的人了：

★20.
成為彩霞或烏雲
都非己意
雲，平凡孤單清閒

楊　風
寫於國立台灣大學教職員宿舍
2021年7月31日

舉杯邀明月，對影還是一人
──試說莫渝的詩集《一個人》

許建崑

你是有點神經衰弱。
一本書的開端是這麼寫的。

當詩人把撰述一本詩集序的責任交給了小鹿斑比。
就像是一陣風一陣雨，小鹿在叢林裡狂奔，
母親並沒有教牠讀詩寫詩的能力啊！
只會利用彈跳而逃逸陷阱的斑比，
想去找夜遊鷹幫忙，
然而B棟6樓12號的小王子好奇的探出頭來說：
你可以去找波德萊爾，或許他曾經隱藏在一個人的心裡。

一個人？是莫渝嗎？
讀著《惡之華》的年輕詩人，

被膽大的言語挑逗，用刀子剖開腸肚，
發現蠕動的器官單戀著愛情、肉慾與興奮劑，
酒癮之外，也拒絕不了雲霧繚繞的紙菸，
連自己都嫌棄，咒罵不斷，
真情抑或假象；美艷混雜醜惡；修行墜入敗德；
而時空反轉，幾輪幾番的天干地支之後，
過去的反抗者被綁赴保守者的刑場。

是波德萊爾啟發了詩人，還是詩人背叛了波德萊爾？
詩人獲得了雙重人格，卻又養成「思想潔癖」；
甚至想拆骨還父，割肉還母，
以保有自己的孤獨。

如樹之孤立，那年才二十歲。
然而卅七年之後，
詩人還寫著〈蝴蝶單飛〉、〈鳥單飛〉，
還沒到「大限來時」呢？
還期待著「兩個黃蝴蝶雙雙飛」？
詩人！你的通感呢？

詩人其實是熱血多情。

走在沙漠，渴盼滿水的羊皮袋。

一個人獨自的話語，等待誰的耳朵？

在北埔，邀請徐青松，也想念龍瑛宗；

在月台，宛如站在世界的中心呼喚李欽賢；

月光下，遙想賴和；

到了雪鄉，還讀著川端康成。

如果來到古典的中華世界，

東坡對坐太白，太白低首於淵明，淵明瞻望東方之既白，

形、影、神，Three in One，One for All，

對於肉體的存在其實更務實於波德萊爾，

難道他們也要綁赴保守者的刑場？

眼、耳、舌、鼻、身、意；色、聲、香、味、觸、法。

詩人之獨酌、獨行、獨白、獨坐；

如孤雲之崛起，如夜雨之滂沱。

雲者，云也；雨者，語也。

孤獨的詩人為什麼要寫《一個人》呢？

王嘉爾為什麼要把〈一個人ALONE〉，唱得鋪天蓋地呢？

找個學生竹君幫詩人老師寫篇尾聲，還真對呢；
有了伴侶同行，此路最近。

詩人找斑比來寫這篇序文，也是冥冥中的定數。
斑比的父親從來不是鹿王，斑比也沒有王位可夢。
然而世俗的價值，扭曲了真相。
實質上，斑比只是一隻孤獨的鹿，
始終知道曲終人散，舞台將歸於冰冷無有。

不過，如果有一本詩集，謳吟孤獨，能夠在荒野中伊鳴
伊鳴的響起，
也必然勾起無數的孤獨的人徬徨夜起而長嘆呢。

2021.08.06.

隔座而觀

張恆豪

一

　　初讀莫渝的詩集《一個人》，以「一個人」，「孤獨」為觀點，為中心語詞，很自然地會令人聯想到十九世紀孤獨的詩人，巴黎的波特萊爾（1821～1867）與布拉格的里爾克（1875～1926）。他們都以孤傲孤絕，特立獨行於世，前者的詩作叛逆，後者則深沉。莫渝的《一個人》也是以孤獨為主調，以一個獨行者的敏感心靈，觀察世界，體驗人生，關懷臺灣，不僅批判現實（如〈獨裁者〉），並且深深觸動人心（如〈一個迷戀罌粟花的男子〉）。《一個人》，可說是莫渝人生惜晚景的生命之詩，也是他個人夕陽無限好的心靈之歌。

二

一個詩人的人格，往往影響到他的詩的風格。莫渝的生命情調，基本上是孤獨內斂的，獨來獨往，絕非奔放善於交際。他年輕時期的詩，充滿了孤獨激越的浪漫情懷，別有一番孤芳自賞，又避免不了自艾自憐，甚至悲觀厭世。

孤獨最適於冥思，冥思使人心思更為細膩，思惟更為深邃，不斷與自我的內在對話，發現真正的自我，使生命更為完整更加豐實。

歷經漫長的人世際遇和生命淬鍊，到了近期的詩作，莫渝的生命，已經蛻變成圓融豁達的自我，在寧靜達觀中，他沉浸於和自然、和時間、和宇宙大化，共呼吸同消長的心境裡。

三

孤獨，是古今中外詩人一直在書寫、在探索的主題，生命的起源、過程及終結，都擺脫不了孤獨的宿命，終究都得一個人冷冷去面對。芸芸眾生的多數人都

是被孤獨所籠罩，難以忍受孤獨，無法排遣孤獨，唯有
極少數的智者，能看透並且了悟宇宙生命的無常和流
轉，反過來懂得駕馭孤獨，才真正能享受生命的孤獨。

四

　　這本詩集，莫渝為了呈現生命的情境和內心獨白，
皆以精確樸實的語言，交融著現實與回憶，只邀詩人對
話，僅約酒徒共飲，一切都信手拈來，不用冷僻典故，
不以晦澀象徵，更沒有繁複的現代主義技巧。平易入
詩，直抒胸臆，卻產生了感性又知性的不平易的美學
效果。

五

　　莫渝在自序中，引用李義山〈春雨〉的詩句：「紅
樓隔雨相望冷，珠箔飄燈獨自歸」。原義指的是紅樓淒
冷，珠簾飄燈，女子深夜，獨自歸來。我將它轉義為莫
渝對詩之執著與追求，猶如對於紅樓女子的癡迷相望，
以及自己人生之踽踽獨行。

　　而我對此詩集讀後的感覺，恰好也可以引用李義
山〈碧城〉中的詩句來回應。「星沉海底當窗見，雨過
河源隔座看」，這副合掌的對偶，其關鍵詞在於「當窗
見」、「隔座看」。對於《一個人》詩集，我不僅有幸
能先睹為快，並且隔座而觀，自然地別有一種距離的美
感，也另有一番複雜又沉靜的人生況味。

　　　　　　　　　　　　　　　　2021.08.31.秋夜

隔座而觀　　張恒豪

一、

初讀莫渝的詩集《一個人》，以「一個人」、「孤獨」為觀點、為中心語詞，很自然地會令人聯想到十九世紀孤獨的詩人，巴黎的波特萊爾（一八二一一八六七）與布拉格的里爾克（一八七五—一九二六）。莫渝的《一個人》，也是以孤獨為主調，以一個獨行者的敏感心靈，觀察世界、體驗生命，關懷生存，不僅批判現實（如〈獨裁者〉），近且臟動人心（如〈一個迷戀晚景的男孩〉〈個乡〉），可說是莫渝個人夕陽無限好的心靈之歌。

二、

一個詩人的人格，往往影響到他的詩的風格。莫渝的生命情調，基本上是孤獨內斂的。獨來

他獨往，絕非奔放善於交際。年輕時期的詩，充滿了孤獨激越的浪漫情懷，別有一番孤芳自賞，又避免不了自艾自憐，甚至悲觀厭世。

孤獨最適於冥思，冥思使人心思更為細膩，思惟更為深邃，不斷與自我的內在對話，發現真正的自我，使生命更為完整更加豐實。

歷經漫長的人世際遇加生命淬練，到了近期的詩作，莫渝已經蛻變成圓熟豁達的自我，在寧靜達觀中，沉浸於和自然、和時間、和宇宙大化共呼吸同消長的心境裏。

三、

孤獨，是古今中外詩人一直在書寫、在探索的主題，生命的起源、過程及終結，都擺脫不了孤獨的宿命，終究都得一個人冷冷去面對。芸芸眾生的多數人都是被孤獨籠罩，難以

忍受孤獨,無法排遣孤獨,唯有極少數的
智者,纔看透並且了悟宇宙生命的無常和流
轉,反過來懂得駕馭孤獨,才真正能享受生
命的孤獨。

四。

這本詩集,莫渝為了呈現生命的情境和內心
獨白,皆以精確樸實的語言,交融著現實
與回憶,只邀詩人對話,一切酒徒共飲,一切都
信手拈來。不用冷僻典故,不以晦澀象徵,更
沒有繁複的現代主義技巧,平易入詩,直抒
胸臆,卻產生了感性又知性的不平易的美學
效果。

五。

莫渝在自序中,引用本李義山〈春雨〉的詩
句:「紅樓隔雨相望冷,珠箔飄燈獨自歸」。
原義指的是紅樓淒冷,珠簾飄燈,女子深
夜,獨自歸來。我將它轉義為莫渝對詩
之執著與追求,猶如對於紅樓女子的痴迷相

望,以及自己人生之踽踽獨行。
而我對此詩集讀後的感覺,恰好也可以引
用李義山〈碧城〉中的詩句來回應。〈星沉
海底當窗見,雨過河源隔座看〉,這
副合掌的對偶,其關鍵詞在當窗見、於
「隔座看」。對於〈一個人〉詩集,我不僅有
幸能先睹為快,並且隔座而觀,自如
地別有一種距離的美感她旁有一番複雜
又沉靜的人生況味。

二〇二八、廿、秋夜

一個人的人生哲學
——莫渝的詩集《一個人》序評

林盛彬

　　莫渝2021年新作《一個人》，很特別的詩集，在「獨」「一」的體驗中勾勒出他的內在版圖；有心情的跌宕，有思想的反射。詩集雖然分為三輯，都不離「獨」與「一」的心語。這些詩都是莫渝最近十年來的作品，誠如他自己所言，「獨來獨往」是年輕時期就已出現的話語。不一樣的是，二十歲上下的青年莫渝，是準備往前衝刺的年輕詩人，而四五十年後的莫渝，則已體驗過人生的高山低谷；回憶、懷想之餘，時有淡泊明志，時有孤高情懷，這份淡泊孤高所反射的是什麼樣的生命體悟，所抒發的是什麼樣的人生哲學？底下僅從三個面向來論說莫渝「一個人」的人生哲學。

一、景物依舊，心境已非？

在此新作中，莫渝有幾首幾近縱情茶酒、咖啡的詩，是藉「物」抒情，還是晚年的寄託？青少年期的莫渝，也常在詩中點菸酌酒。我們先從這類詩作來理解莫渝的詩思梗概。1964年他進入台中師專就讀時期，就開始寫詩，根據莫渝對自己的描述：「內向、悲觀、不易表達意見、不想公開心情心事。有人高談闊論家事，逢甲說逢乙也說，自己不擅此道。」在現實中也許如此，但在詩的世界裡，他未必「不易表達意見、不想公開心情心事。」譬如在《中師青年》發表的〈藍湖拾掇〉組詩第三首〈被遺忘的晷刻〉：

擁一室的寂寞　清冷
這被遺忘的晷刻
且在黑白鍵上跳出
「藍色多惱河」
濃濃的悒鬱的藍色
致明朗的視線趨於模糊　漆黑

　　不需秋月的憐憫

　　引淒冷的晚風入室

　　讓我置身於尼古丁茫然的境界

　　感傷向日葵被扼殺的太息

——1964.10.

這首詩的標題雖然是暑刻，但「擁一室的寂寞」已說明了一個人的「清冷」，被遺忘的暑刻顯然就是詩人的自喻。而《藍色多惱河》是小約翰·史特勞斯（Johann Strauss II, 1825-1899）膾炙人口的圓舞曲，是一首充滿喜樂和生命力的作品，在這裡詩人借用其藍色來比喻濃濃的悒鬱。在那樣一個人的獨處中，唯恐淒冷晚風滲入，所以不願開窗望月。他寧可置身於虛無飄渺的菸煙之中，感懷白日已盡，夜幕低垂；孤獨地置身於尼古丁茫然的境界，是純然的自我，隱約可見一個青少詩人孤傲不遜的輪廓。那股內在的孤高，在〈獨飲的人〉就更明顯了：

　　不過是喉嚨需要潤潤而已

　　誰還理會杯外的世界

杯外的問題
管他的
請杯外人處理
我是杯中的蛟龍
今晚

　　　　　　　　　　　　──1972.08.07.

既然是獨飲，「誰還理會杯外的世界」、「杯外的問題，管他的，請杯外人處理」可以有不同的解釋：一個是現實的，純粹是飲酒，與酒無關的事物就置身度外了；另一個是象徵的，我需要做的就義無反顧，其他不相干的就隨他去吧。不管是哪一種，結尾的「蛟龍」充分表顯露其內在的自信。

　　約略探觸年輕莫渝的內在心理，我們再究竟詩人晚年的心境，以〈一個人茗茶〉為例：

不是個人主義的茶
要對茗
也要共飲

杯不空
持溫
茶加熱

等人？
不見人
無人可等！

不言的心事隨茶葉沉澱
溫茶潤心

持續加溫
不讓心涼心冷

　　　　　　　　　　　——2019.05.01.

也是一個人飲茶，但少了青少年的狂放尖銳，一開始
就明言「不是個人主義的茶／要對茗／也要共飲」；
不管詩中之意是與人共飲，還是與杯相親，總是要持續
加溫，不讓心涼心冷。這樣的心境的確溫潤不少，少了

怨懟，少了憤懣；未必沒有心事，但都「隨茶葉沉澱」
了。同樣，在〈一個人的咖啡〉的最後一段：「液態的
咖啡／不被稀釋　只會逐漸減低稀少／一如日常的糧食
樣樣短缺／喝完這杯咖啡／誰要丈量誰的感情濃度／還
要為生命該有的能量保溫？」人的情感厚度怎能稀釋？
雖然在世的年日不斷減少；一生之後，誰還能多說什麼
呢？全然脫去年少的狂狷之氣。

　　人生就是如此？我們在〈一個人的沙漠〉還可聽
到他的內心獨白：「一個人的沙漠／一個人吐出的話語
傳入誰的耳朵／潰散的這些喃喃／誰在意」。雖然他
在「附錄」〈X沙漠〉中表明自己嚮往沙漠，嚮往一塊
淨土，而且打心底認定是他夢寐的土地。甚至提及朋
友說：「我前生必定是印度的僧侶，避開人群，遁入沙
漠。」然而，矛盾的是詩中的驚顫：「猛然　驚懼這
心痛的抉擇／走到窮途末路？」所以，選擇避開人群
應該不是精神性的，而是傾向於心理層面；詩人是否
已達「至人無憂」的境界，恐怕就要詩人自己說了。畢
竟「誰在意」是肯定句，還是疑問句？主詞是我，還是
他？所彰顯的將是完全不同的心境。若是後者，則較之
青年期的「管他的」，是內斂許多。我想，莫渝是誠實

而真切地描繪了自己的內向與悲觀，證之早期的〈水鏡〉(1972)，可以說他真的喜歡「一個人」獨處：「不要有人來／靜靜的時間裡／我面水／端坐永生／／不要有人來／小溪的歌沿岸吟哦：／栽於水衍生成的水仙花／緊抱著一株淒美／投胎最最怡然的寄情」。

在〈自序〉中他引了他心儀的法國詩人維尼(Alfred de Vigny, 1797-1863）的話說：「懦怯卑劣的野獸往往成群結隊，只有雄獅獨自徘徊傲視曠野。詩人也如是獨來獨往。」也許他是以這位悲觀的法國詩人哲學家自況。在這詩集的〈自序〉後面，和〈後記〉的開始處，重複出現的兩句詩說：「孤單嗎？一個人。很多時候，都是一個人！／寂寞嗎？一個人。群聚之後，歸回一個人！」，我們參照維尼的詩〈狼之死〉(La mort du loup)中的兩句詩：「看看我們人生在世所為／唯沉默才是偉大；其餘的全都是弱者。」(A voir ce que l'on fut sur terre et ce qu'on laisse／Seul le silence est grand ; tout le reste est faiblesse.)莫渝對維尼的心儀，想必是靈犀相通之故吧。

二、存在！存在？

　　莫渝曾留學法國，受法國甚至歐洲文學的影響也是
很自然的事。這詩集中有幾首明顯與法、英、中、俄、
日、台文學相關的詞彙，可見莫渝閱讀的範圍並未侷限
一方，我想這應該是寫作者的普遍現象。那麼，這些閱
讀對創作者的影響程度有多深？創作者在詩中引用這些
作者或作品的用意何在？這也是一個值得討論的文學接
受問題，但我們無意在這裡延伸論證。底下僅舉二例來
看莫渝的意圖及其心思傾向。首先，從〈一個存在主義
的午後咖啡〉這個詩題，就明示了存在主義的意念，但
詩人在這個線索中向我們傳達了什麼樣的訊息呢？

　　　　喝咖啡
　　　　重讀《異鄉人》
　　　　找尋書裡出現咖啡的意義

　　　　咖啡無罪
　　　　喝杯咖啡竟然預伏極刑？

守母親之靈的Meursault
能不能喝咖啡
該不該喝咖啡
喝了心安與否

現實人生
一杯咖啡不對等的海海人生
何言荒謬！
如何荒誕！

他是異鄉人，是局外人
世界的陌生人
接受外人順手一遞的牛奶咖啡
看電影，到海邊戲水
摟想愛的女人
應該自然不過的吧！

能算矯情？

午後

重讀《異鄉人》

重疊著不同時空下兩個人的咖啡

沉思

如何以喝不喝「咖啡」為由

替Meursault辯解說情？

咖啡時間

一個存在主義的悶熱午後思維

　　　　　　　　　　——2018.04.28.

莫渝把卡繆(Albert Camus, 1913-1960)《異鄉人》
(L'Étranger)的主角人物Meursault所面對的存在問題帶
入詩中。第一段作者試圖把喝「咖啡」這件事和《異鄉
人》連結起來；所以，「咖啡」在此就替換了《異鄉
人》中主角的位置。第二段緊接著就出現了喝咖啡有
罪無罪的質疑。第三段則點出小說核心人物及其生活態
度；Meursault收到住安養院的母親過世的消息時，所表
現的就像沒發生什麼事一般，完全的冷漠，沒有絲毫的
悲傷神色。因此，詩中所提的「能不能、該不該」喝咖
啡，就成了有沒有、該不該為母喪悲傷的置換。但我們

並不能據此指控他不道德，他只是處在一種超然而無動於衷的狀態。第四段帶出卡謬的「荒誕哲學」；生命離開自身之外就沒有任何意義，我們所遵循的道德準則和邏輯秩序並不總是有意義，而人自身也無法找到生活的秩序和意義。同樣是一杯咖啡，放在一個不對等的現實人生，各自承擔，各自創造他的人生意義，荒謬之說妲何而來？詩人在這裡表達了他的立場。因此，在第五段和隨後獨立的問句，加上第六段，是詩人想為Meursault的存在意義辯解。的確，他是這個世界的「局外人」，他只管自己所需所行，即便是對他的女朋友也只有肉體歡愉的關係。對Meursault來說，這無關道德，也不是矯情，只是無「情」。他對包括自己生命在內的一切都不在乎。所以，他沒有任何理由而荒謬地殺了他的鄰居，對自己被判處死刑這件事既不想辯解，也無感無悔；他的確是世界的陌生人，對他來說，「看電影，到海邊戲水，摟想愛的女人」就是他想要的生活內容，無關矯不矯情。莫渝是以這首詩為Meursault的存在意義辯解，還是想藉《異鄉人》和喝不喝「咖啡」為由，為自己的「獨」「一」存在辯解？對卡繆來說，一個人選擇活著，就表示他已透過這一事實肯定了某種價值。易言

之，生命是值得我們去活的，至少它可以變得值得我們
去活，因為生命要尋求的是真實，而不是尋求想要的。
Meursault和莫渝是兩個完全不同的個體，不同的存在意
義；「一個人」有一個人的價值，「兩個人」的咖啡也
有各自的風情。莫渝在意的還是詩，這是他一生栽植的
一個人的花園。如果〈一個存在主義的午後咖啡〉是想
為自己的人生哲學辯護，〈一個人守護一家園的詩〉就
是為他熱愛的詩辯護了。

　　看似安靜
　　彌留之際的沉靜

　　其實，不！
　　花開的聲音
　　燕雀的鳴賙
　　不時在耳朵甬道喧嘩

　　名媛過　交際過
　　一夕之間
　　幻換成小鎮的鎮怪

素衣女巫

不要陽光不要星月
只求詩
詩裡，陽光星月都在

緊挨John Keats
靜美女子
拋出的
每一枚文字都予人溫暖

——2021.04.16.

　　這首詩提到英國詩人濟慈(John Keats, 1795-1821)，
但究其竟，是與那靜美女子芬妮·布朗（Fanny Brawne,
1800-1865）的愛情。第一段應該是寫濟慈彌留時看似
安靜的情景，隨即用花與雀鳴否定詩人臨終前的內心世
界，儘管外表看似安靜，內心仍澎湃著與他鍾愛的謬思
之間的美好記憶。第三段應該是指芬妮在當時的社交圈
頗受歡迎，給濟慈帶來焦慮感。第四段的重心在於詩，
指涉了濟慈認識芬妮後，改變的他的人生目的與價值，

芬妮成為他美好詩作的推手和靈感泉源。最後一段則點出芬妮對貧窮體弱的濟慈來說，是一種難以言喻的安慰。然而，莫渝藉濟慈與芬妮這段淒美的愛情要傳達的訊息是什麼？〈一個人守護一家園的詩〉，這個人是詩人自己？還是芬妮？

　　舉這兩首詩為例，我們固然無法完全顯影莫渝的內心世界，但至少我們看見，詩與愛情是「一個人」的世界裡不可或缺之重，他的存在意義就在於此。我們讀他的〈一個人望雨〉：「……臘月的細雨／想念妳撐著花傘／獨自走過街衢／（因而，冬天有點絲絲的浪漫花俏）／……雨，飄飄的／竟然只聚向妳的週身／妳感覺到？／／眼前潤蝕的落葉緊接地氣／有風，吹不動／我耽溺在微雨天的隱斂」整首詩都是因「妳」而起，詩人就因此「耽溺」了；這樣的繆思，真的「每一枚文字都予人溫暖」。

三、逝去的，將來的

　　這詩集中有不少憶往之作，台中是青少年詩人莫渝的出發地，在中師就讀期間，想必有許多難忘的故事深

刻在詩人內向而敏銳的心裡。其中出現三首以綠川為題
的詩作，可見綠川在他記憶裡具有不可言喻的分量。綠
川，是一條讓詩人可以在夢回時，「舊新記憶取攪重組
／時時反芻」，可以「留連青春的小小的戀之圳溝」，
因為其中流過讓詩人「釀蜜成綠的戀情」。（〈夢回綠
川──憶懷綠春年華〉）我們無法揣測「流映過和服襲地
的倩影」是什麼樣的倩影，可以確定的是詩人的信念：
「存在過的美絕不讓消失」（〈一個人重回綠川〉）。底
下我們就以他最近寫的〈一個人重臨柳川〉作結：

　　　不會留意柳川的水往南或朝北
　　　都是水流一式
　　　在乎的是柳樹必盛鬱
　　　自春徂冬
　　　一身綠
　　　單見婀娜多姿不識老態

　　　而我多年後重臨
　　　川流依依漣漪微微
　　　垂柳喜迎春風

懷想普魯斯特的花漾女子
懷想微醺伴行的小手
懷想估衣場的退伍老兵
懷想校園定時鐘響
懷想小圖書館大禪慧

沐浴弦月銀輝
無牽掛漫走
當年的夢還懸在微亮的小星
不時入眠

水邊
Narcissus正鑑照曾經的故事

　　　　　　　　　　　——2021.04.09.

詩人在首段就表明不在意柳川的水是往南或往北，水
在這裡可以是指時間，即不在意是今是昔，反正都是
流逝一式；也可以是溝渠的風格，是寬是窄都是川；它
只是一種陪襯。他在乎的是不論哪個季節，柳樹都盛

鬱常綠，永保青春。第二段，開始進入「重臨柳川」的
主題，流水潺潺，景物依舊；記憶就接著一波波湧上：
花漾女子、小手、退伍老兵、校園鐘聲、圖書館……，
從青少年的夢，到花白之年，仍不時入眠來。一個人重
臨，雖然是自在地漫步，卻是自戀地在心中映照著難忘
的青春記憶。

　　「相憶今如此，相思深不深」！詩畢竟是詩，或
是詩人當下的內心反映，或者與詩人個人的氣質有關。
以幾首詩談「一個人」的人生哲學或許有點誇張，其
實，不過是從文字的縫隙窺知詩人的內在的情感與思想
傾向。然而，這仍僅止於淺層。至於晚年的莫渝只能回
想？他在〈一個人坐在碼頭〉的心境是：「看著海／望
著帆／聽昂揚的薩克司／總有一座遠洋值得展翅」，這
不意味著詩人的心仍在等待一座值得展翅的遠洋！而在
〈一個人在北埔〉獨坐番婆坑客棧懷想這個昔時邊城，想
那些械鬥聲、撕殺聲、吶喊聲之餘，想到「爭地生存的年
代／邊陲應有的情愛傳奇／誰來書寫」，我想這是詩人內
心深處「捨我其誰」的獨語，那就讓我們期待吧。

2021.08.30.

自序

獨與單

　　檢視自己的個性：內向、悲觀、不易表達意見、不想公開心情心事。有人高談闊論家事，逢甲說逢乙也說，自己不擅此道。專校畢業紀念冊，相照下的題詞，從兩首詩，分別摘錄詩句，表明當時的迷惘與肯定。第一句摘自1967年7月的〈睡〉：「我是獨來獨往的飛鳥，握有頂帥的時空」；第二句摘自1968年1月的〈煙之奈何〉：「是霧，就喜悅清晨的乳白，是化羽的尼古丁，就撇開一切，獨自矚視悲劇性的寒涼」。

　　「獨來獨往」、「獨自矚視」，是早年出現「獨」字眼的詩句。稍晚，也有類似的詩句，如〈樹靈〉：「樹是一孤獨的旅者」（1968），〈歌之奈何〉：「我是一粒不被陽光照顧的微塵／固執於必然的莫可奈何」

（1968），似乎有不可言喻的酸澀。

同時間後期，在澎湖寫的：

枯立樹

也有過綠的年華

也傲視過卑微的茵草

被褪去葉的衣襟

枝椏依然朝上頂住一域豔陽天

冀望鳥們的偶然投憩吱語

曠漠的焦野

一株枯樹硬挺的擎起

敗北的英雄般

欲哭無淚　　欲笑無葉

沒有誰前來收屍

沒有誰前來聆訴

就只能光禿的賴活

回憶著

一個人

輝煌的過去

——1968.夏，澎湖。

　　以及獻給梵谷的詩〈陽光詩抄〉，副題稱梵谷是
「一顆孤獨的太陽」（1969）。〈自囚〉詩末尾：「獨
讓四面八方／風寒／霜冷」（1972），更時常自唸自
反芻。

1970年代接觸法國詩文學，獨鍾杜伯雷、波德萊爾，也心儀維尼，尤其他的話語：「懦怯卑劣的野獸往往成群結隊，只有雄獅獨自徘徊傲視曠野。詩人也如是獨來獨往。」，同時期，也墜入中國李義山〈春雨〉的：「紅樓隔雨相望冷，珠箔飄燈獨自歸。」

時空跳至2005年，竟寫了三首詩：

蝴蝶單飛

一隻蝴蝶突然出現
沒緣由地（我的直覺）飛過來
在玫瑰花頂盤旋三圈，接著
靠近小黃菊花　嗅了五秒鐘，再
到油麻菜籽花停了一分鐘
（正確一點，是不停低飛打轉）
蝴蝶飛遠了

單飛的蝴蝶
沒有快樂　沒有不快樂

牠過著平凡的生活

（我感覺如此，你呢？）

　　　　　　　　　　　　　　——2005.01.

鳥單飛

鳥

總是單飛

飛飛停停，都一樣

有目的無目的的飛

累了，不想再飛

隨處棲留

人

常常獨行

遊蕩流浪，都一樣

上班奔波也是

嘆氣會有，日曆照撕

工作照做

雙腳不動了

由安靜的泥土一口吞入

——2005.09.25.

一個人的公園

公園裡

人來人往

人聚人散

一個人

公園裡有時擠滿人
人多，流浪狗也湊熱鬧

獨坐石椅上
我是這裡的陌生人
我有不被注意的竊喜

——2005.10.15（六）

這三首詩都收進詩集《第一道曙光》（2007.05.）。

　　2019年7月，閱讀《一個人Alone》（網路與書，2003.12.），見證了不少「一個人」的同行者。先前早知曉法國啟蒙時期大師盧梭晚年的散文集（Jean-Jacques Rousseau, 1712～1778）《一個孤獨散步者的遐想》。英國浪漫主義詩人華茲華斯（William Wordsworth,1770～1850）的〈我獨自漫遊如一朵雲〉，回鑑了地面湖畔水仙花。1946年諾貝爾文學獎得主德國赫曼・赫塞（Hermann Hesse, 1877～1962）《悠遊之歌》（景翔譯《浪吟行》），悠遊之歌，總是一個人出門的浪吟行。

　　看了不少次電視重播電影《神隱任務Ⅰ》末尾旁白：有一個人，他無視常規，無視證據，只在乎正義是非。《神隱任務Ⅱ：永不回頭》，湯姆克魯斯（Tom Cruise）說：我習慣單獨行動，我習慣一個人。同樣電影日本戰國時期《風林火山》的對白：「每個人抱著自己的夢死去。」

　　的確，黃泉路上獨行（臆想的成份居多）。還是想到《比利提斯之歌》結尾〈最後墓誌銘〉，比利提斯這麼自言自語：我，看不到的陰魂漫步在阿福花（地獄之花）的蒼白草原上，陽間生命的回憶是我陰間生命的喜悅。

　　這是一幅自我安慰的想像畫面。黃泉路上當然獨行，生前，許多場合，何嘗不也一個人！Seul、Single、Alone。

　　孤單嗎？一個人。很多時候，都是一個人！
　　寂寞嗎？一個人。群聚之後，歸回一個人！

近日一則早安輕體詩：

夏日燠熱
蟬聲高亢玫瑰細語
誰來啜飲冰紅茶　　　　（2021.06.22.）

　　好友張恆豪回應：既有蟬聲伴奏／又有玫瑰溫柔／何必找人對飲／獨啜也是享受。

　　想想：獨啜、對飲，都是享受。有時，心情的掩飾，「能飲一杯無？」其實是肯定的問句。常常想起莎岡回憶散文，陪晚年的長者沙特午餐。有陪守獨，都是人間美事！

2021.07.10.

目　錄

存在主義下的獨和單
　　──讀莫渝的詩集《一個人》／楊　風　　　003

舉杯邀明月，對影還是一人
　　──試說莫渝的詩集《一個人》／許建崑　　　027

隔座而觀／張恆豪　　　033

一個人的人生哲學
　　──莫渝的詩集《一個人》序評／林盛彬　　　037

自序　　　054

輯一｜一個人

一個人的沙漠　　　072

【附錄】X沙漠　　　076

一個人在北埔　　　078

【附錄】春雨中，我在北埔　　　081

一個人的花季　　　084

一個人的車站──聆聽畫家李欽賢說的鐵路故事　088

一個人的咖啡　091

一個人的風雲　095

一個人的曠野　098

一個人望雨　101

一個人的闇暗　104

一個人的街頭　107

一個人的水岸　109

一個人的星球　111

一個人的午後微風咖啡座　113

一個存在主義的午後咖啡　116

一個人的暮影　120

一個人的酒杯──邀李白　123

一個人的形影神──邀陶淵明　126

一個可以酗酒──陪波德萊爾　130

一位豁達者的酒興──邀蘇東坡　132

一個人茗茶　134

一個人的月光　136

一個人的黑夜　138

寒冬深夜，一個人讀《雪國》　141

一個人望落日　　　　　　　143

一個人在畫廊　　　　　　　145

一個人的玫瑰園　　　　　　148

一個人坐在碼頭　　　　　　150

一個人在雪地　　　　　　　151

一個人守護一家園的詩　　　155

一個迷戀罌粟花的男子　　　157

夢回綠川——憶懷綠春年華　160

一個人重回綠川　　　　　　163

一個人重臨柳川　　　　　　166

一瞬之光　　　　　　　　　168

一隻蚊子　　　　　　　　　169

一個人的菜園　　　　　　　170

一個人的冬至　　　　　　　171

輯二｜獨或單

獨　行　　　　　　　　　　174

獨　酌　　　　　　　　　　176

獨　白　　　　　　　　　　　178

獨　坐　　　　　　　　　　　180

孤　雲　　　　　　　　　　　182

說孤寂　　　　　　　　　　　185

獨語獸　　　　　　　　　　　187

獨裁者　　　　　　　　　　　189

單行道　　　　　　　　　　　191

輯三｜流雲小集

【前引】　　　　　　　　　　194

★01　　　　　　　　　　　　195

★02　　　　　　　　　　　　196

★03　　　　　　　　　　　　197

★04　　　　　　　　　　　　198

★05　　　　　　　　　　　　199

★06　　　　　　　　　　　　200

★07　　　　　　　　　　　　201

★08　　　　　　　　　　　　202

★09　　　　　　　　　　　　　203

★10　　　　　　　　　　　　　204

★11　　　　　　　　　　　　　205

★12　　　　　　　　　　　　　206

★13　　　　　　　　　　　　　207

★14　　　　　　　　　　　　　208

★15　　　　　　　　　　　　　209

★16　　　　　　　　　　　　　210

★17　　　　　　　　　　　　　211

★18　　　　　　　　　　　　　212

★19　　　　　　　　　　　　　213

★20　　　　　　　　　　　　　214

★21　　　　　　　　　　　　　215

★22　　　　　　　　　　　　　216

★23　　　　　　　　　　　　　217

★24　　　　　　　　　　　　　218

★25　　　　　　　　　　　　　219

★26　　　　　　　　　　　　　220

★27　　　　　　　　　　　　　221

★28　　　　　　　　　　　　　222

★29　　　　　　　　　　　　　　223

★30　　　　　　　　　　　　　　224

【附錄】旅行‧不一定要侶行／鄭竹君　　225

後記　　　　　　　　　　　　　　228

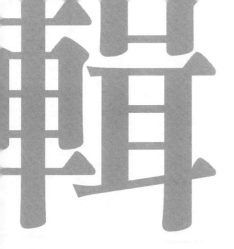

一個人

一個人的沙漠

沒有標示出入口
X沙漠　敞開歡迎

兀自走著
渾然忘記時間　兩分鐘抑兩小時
原本滿水的羊皮袋早已乾癟
還會渴
連連用舌尖與微弱的口液潤澤

閉目拖行繼續走　再睜眼
回身四望
起伏的土黃色夾雜白光沙丘　海洋的浪峰波谷
猛然　驚懼這心痛的抉擇
走到窮途末路？

汪洋大海　遼闊草原　浩瀚沙漠
都大方吸納眾生的歸途

一個人的沙漠
一個人吐出的話語傳入誰的耳朵
潰散的這些喃喃
誰在意

選擇X沙漠
為了看一場轟轟烈烈的日落
豔照西天不同層次的血紅色落日

鬼媚的獨特豔紅
一旦沉沒　溫度遽下
無處遮蔽的我

在群星即將進行的祭典
急速冷凍

當初預想挖掘瓣狀岩沙漠玫瑰
因日落溫度劇降　忘記曾經的記得
流沙，更早的期待也未發生
或許下一秒席捲般出現

（2011.11.27）

——刊登《笠》詩刊287期　2012.02.15，頁145-6，
　　「詩人地誌圖像學專輯」，原詩題〈X沙漠〉。
——重登《文訊》380期（《後浪》與《詩人季刊》
　　　　　　　　專題1）2017.06.01.頁111

【附錄】
X沙漠

　　嚮往沙漠。我走向沙漠。停在一處淨土。我選擇這塊淨土居住。

　　我要如何向你描繪置身的土地呢？好讓你順著過來，或者留給你想像。我不知道它的名字，然而，卻是打心底認定找到的夢寐土地。

　　來之前，朋友說我前生必定是印度的僧侶，避開人群，遁入沙漠。

　　這是一個人的沙漠。不適合你來。不適合有伴。

　　一個人如何在沙漠生活生存？我不知道。

　　我選擇這塊土地。應該說是歸宿。

　　黃沙漫漫。綠洲空想。

　　駝鈴在遠方，在邈古。

（2011.12.10.）

——刊登《笠》詩刊287期　2012.02.15，頁145-6，

「詩人地誌圖像學專輯」。

一個人在北埔

曾經是邊陲

械鬥聲　撕殺聲　吶喊聲
都回到古代
此刻，綿綿春雨
濕淋淋的遠山退到河谷澗溝更遠
路客稀少　鄉民閉門
店家微亮著燈　細碎聲間間歇歇

兀坐番婆坑客棧
懷想前生的我及同輩
曾否參與這裡的動靜

遮簷簡陋
莊稼漢赤膊赤腳

挑擔的賣貨郎
開心走四方

誰曾過來與我交談
比手之間
和平延續　抑翻桌怒罵　爭鬥

爭地生存的年代
邊陲應有的情愛傳奇
誰來書寫

（2011.03.27）

──刊登《笠》詩刊287期　2012.02.15，頁145-6，
　「詩人地誌圖像學專輯」，原詩題〈在北埔〉。

一個人

【附錄】
春雨中，我在北埔

　　春雨綿綿，清冷寒凍，撐著傘，我在北埔老街巷弄徘徊，欲尋徐青松。

　　知道北埔，因為龍瑛宗。到過北埔，已是八年前了。當時，慈天宮整修中，一些圍籬與堆放木料妨礙行走的便利。因為有人導覽，在一處合院，解說金廣福墾地客番爭鬥與房舍的槍眼，還很自然地在窄巷間的水井北埔文化工作室留影。

　　很想重覓舊跡，不知詳址，在慈天宮左右繞行，未果。腦海浮現墾荒與「徐青松」之名。徐青松是龍瑛宗小說〈貘〉裡的主角。〈貘〉簡單講是「暴發戶與敗家子」的故事，敘述徐家的家族興衰史，由曾祖父墾地創業起始，富未及三代，不長進的子孫像貘一樣，吞噬家族的夢，直到崩潰、破落。這原本可以是一部長篇小說的素材，作者將之

濃縮成14000字左右的短篇。是否影射北埔墾戶與
後代，有待查核。作者意旨卻在透過〈貘〉的象
徵，將敗家子為鑑，暗示夢與野心的必要。故事主
角徐青松幼時大廳神桌「桌裙的飾布，朱紅的襦子
上用金絲刺繡，有浮凸的奇異的獸。」怪獸「非麒
麟，是吃噩夢的貘」。是否被他人捉弄，以貘代麒
麟，讓家族晚輩成員的「夢與野心」遭「貘」嗜
光，才成為「沒有夢的人」。龍瑛宗的〈貘〉，日
文書寫，發表於1941年10月，直到1979年，才出現
鍾肇政的中文翻譯。小說開始：「我第一次吃到做
成鳥、狗、馬等形狀的餅乾，是在徐青松的宅邸。
從前，好像為了防備土匪的來襲，在堅固的牆上開
了些鎗眼，徐青松的家就被留有這樣的痕跡的土牆
圍著，進去還有門樓，等於是有了雙層的土牆。」
這樣的文字，很容易讓我印證八年前北埔之行導覽
者的話：古舊建物仍留著槍眼、彈洞。

　　離開慈天宮，我撐著傘往偏僻處行走。六十年
前，龍瑛宗筆下的徐青松，在小說結尾是中年的一
名「汽車司機」，「沒有激烈的夢，但也似乎沒有
激烈的絕望。」對自己則說（我）抱著一個小小的

夢：養家育子的基本生活。

　　少數人顯赫，芸芸眾生似乎都是沒有夢的人，或小小夢的人，平凡的庶民，為三餐謀食的凡人。我亦是。

　　欲尋徐青松，似乎未遇，似乎人人皆是。

　　下著綿綿雨，街道似乎只我一人。走到低陷的北埔溪邊，底下河谷澗溝的聚落，遠處的嵐氣濛濛的山巒，都清晰地在春雨的冷寒滋潤裡。

　　　　　　　　　　　　　　　　　（2011.03.27）

　　——刊登《笠》詩刊287期　2012.02.15，頁145-6，

　　　　　　　　「詩人地誌圖像學專輯」。

一個人的花季

整個山區是我獨享的淨土
入夜之後

他們的臉笑著直嚷愛死了
這些花。愛死了
這座花園。愛死了
今年的花季。
相約明年再來流連留影

天色微明
他們從老遠開車搭車擠入山道
先體會壅塞的人潮喧譁
最終親眼證實電視機畫面鮮豔盛綻的群花
他們個個眉飛色舞，喃喃：
不虛此行

個個攝影師獵人架勢，捕捉獵物
（這年代，哪個人不是攝影家？獵人？）

他們都是遭推擠的魚群
他們都是到此一遊的鐫刻者
他們都是一小時的花癡
他們都是匆匆過客

他們都希望變身枝頭的綠葉
他們都是靜靜被品賞的移動花卉

入夜之後
我的心容納整座山
山區花園全在我的雙眼轄境
花季安頓了我的焦躁

徘徊花間花下
我聞嗅清香幽香雅香鬱香
啜飲花蜜花汁，開懷入醉

迷戀的孤僻的耽美主義者
是單體的變種
暗夜的獨夫

（2015.07.25.）
——刊登《野薑花詩集》季刊第14期　2015.09.

一個人的車站
——聆聽畫家李欽賢說的鐵路故事

儼然在高山頂呼喊的尼采
化身蘇魯支　向全世界宣稱：
車站的主人，我！
我擁有一座車站！

站立海邊的月台
放眼望去，太平洋的洋流茫茫無際
腳下，浪花不停衝撞拍岸
敲擊大地的音響
稍遠，緩緩滾進的是墨藍黑潮，厚實翻湧
更遠處應有鯨豚的靈巧泅姿，怡然自適
舞動著安靜優美的廣翰深海

我要躍入

一座車站
沒人在意的建築物　無人看管
寒傖猶亭亭　簡陋卻牆宇俱全
孤寂如深山　荒涼似廢墟
主人離家？

誰鳥無人的小島？
誰想進駐無人的小車站
這一刻　這一天
日日月月　歲歲年年
人的氣息減卻再減卻
反倒一直增濃大自然的味道

胸懷一座火車站，足以豪笑
幸福的極致！

（2015.12.19.）
——刊登《野薑花詩集》季刊第16期，2016.03.

一個人的咖啡

咖啡
當然一個人喝

咖啡
可以獨飲
不能說獨酌
為什麼要強搶酒黨的語詞
辭書「酉」部裡找不到咖啡

有時候
另一張嘴會湊過來
表示她尚未離開
（如風似貓　來去自如）
算共杯
內心絲絲暗竊之喜

一個人

　　大部份時間
　　一個人獨享所有的咖啡與空間

　　所有的咖啡
　　再續，也僅一支青瓷杯
　　足夠打發下午茶時間
　　不必然牽扯淑女名媛的優雅清閒

　　一個人喝黑咖啡
　　黑咖啡　純又清
　　杯底搖不出弓和蛇
　　黑咖啡深不可測漩渦似的黑洞
　　無以言說的黝邃
　　只讓炯亮的雙眼逡巡全墨墓室
　　遭鎖住的失慌恐懼渾身上下流竄

直等倦怠侵入
黑，一直存在
緊緊纏黏異鄉人的苦澀眉頭
無遣的生命汁髓

獨坐窗邊
街景川流　陽光緩移
不停息的人生幻影
液態的咖啡
不被稀釋　只會逐漸減低稀少
一如日常的糧食樣樣短缺
喝完這杯咖啡
誰要丈量誰的感情濃度
還要為生命該有的能量保溫？

（2017.07.04.）

——刊登《野薑花詩集》季刊第22期　2017.09.

一個人的風雲

風
不請自來　又來去自如
誰知哪裡來
流落何處終點

雲
不謫凡成雨
注定長年移動
天空成為浪跡的天涯

清晨
白鷺拍動雙翼
掀開隱形的風起雲湧
只要起風　雲跟著活躍

秋日舒緩的陽光小徑
誰是
來自風
來自雲的溫柔客

同一片天空
有一隻潤澤的手
也有一隻凌虐
都因風因雲

自古風雲譎變
掌中的風雲如何召喚
怎麼操弄
自己的乾坤容納多少風雲
又握住了幾許

一蓑煙雨　一夕風雲
淡水平生

（2017.09.17.）

——刊登《野薑花詩集》季刊第23期　2017.12.

一個人的曠野

到處遭驅趕
無親可依無所可避
選擇這個位置
獨坐高地　舉目四望

茫然
骰子擲出去
有聲無聲
都將命運交給了曠野

白日赤燄的曠野
夜晚閃爍的星空下
唯我獨坐
唯我是尊

這塊巨巖　嶙峋崢嶸
四野無人
卻細語竊竊
是遍地草們的紛紛議論

邊角
一隻蜘蛛正尋找空隙呼吸
幾盞燈火
在更遠方微弱顫抖不止

風再勁
我依然不動
雨來
求得淨身淨心

（2017.10.08.）
——刊登《野薑花詩集》季刊第23期　2017.12.

一個人望雨

陽光隱匿
不見浮雲飄移瀟灑
唯陰翳處處

臘月的細雨
想念妳撐著花傘
獨自走過街衢
（因而，冬天有點絲絲的浪漫花俏）

我的位置
不時移動中
先是多人共享的窄小候車亭
接著行駛的公車窗邊
還有漫走騎樓

此刻
兩人並坐過的咖啡屋臨街

雨，飄飄的
竟然只聚向妳的週身
妳感覺到？

眼前潤蝕的落葉緊接地氣
有風，吹不動
我耽溺在微雨天的隱斂

2018.01.19
——刊登《野薑花詩集》季刊第25期，2018.06.

一個人的闇暗

暗黑的中心，全然闃靜
感受著　推想著
蚌貝正承受沙粒的礫疼
造山運動林木燜困變體的礪刑

寧可不思不想
無光可尋可巡
擁抱漆黑
被闇暗裹住

直等
午夜的幽冥邃深
在孤寂凝視中
觸及澄澈的靈明之光

長年培訓的想像黑騎士
擅於奔馳
早已置在另一荒野

入睡熄燈
讓眠境與夜色銜接
共融同黯的渾沌

信仰黑暗
接近撒旦
生命裡的晦冥時刻　熱切摯愛

2018.01.24.

──刊登《野薑花詩集》季刊第25期，2018.06.

一個人

一個人的街頭

秋日溫和閒散的午后
走路，走一條輕鬆的路
不停地走
重溫記憶
建構新想像
等候那顆早升的明星
照耀將暗天宇

沒有目的
拋開目的
無需目的
不設想目的
一個人在街頭漫遊晃蕩
數算

很多人
走同一條路
路，一個人行走
左腳ㄔ
右腳ㄔ

隨日
隨月
一起ㄔㄔ
算迢迢

2017.11.25.
——刊登《文學台灣》第107期，2018.07.15.

一個人的水岸

清晨，雞不鳴
世界仍晦暗
我持續點燈照亮週遭

直到午後
乍現的陽光
躲在高樓另一面

岸邊
釣者靜候釣線的浮沉
不理會天光雲影

遲遲不來
我等的那人

輕輕把已經冰冷的影子貼近水岸
任流水運走

2018.01.22.
——刊登《文學台灣》第107期，2018.07.15.

一個人的星球

也許
那是最早睜眼的星星
沒多久
周邊　更遠處
許許多多的星星都亮了
每顆星都在互相競爭

住在B612
不愁衣食
獨自料理
（有誰在乎是誰供應的）
照樣一天看若干次的日落

一個人的小行星
要運轉

也等待奇蹟

2018.01.24.

──刊登《文學台灣》第107期，2018.07.15.

一個人的午後微風咖啡座

轉個彎

安靜的巷弄內

店員忙於晚場準備

音樂輕鬆流瀉

諾大的雅致空間

留白

獨讓我的思維進駐

車囂停佇巷口外

誰來不來都無關緊要

偶爾路人探頭

遠不如那幾棵小葉欖仁的悠閒

白楊樹的影像浮貼落地窗

一個人

隔層毛玻璃
莫內領隊的印象畫派已被拋至千里

陽光在高樓的另一邊
風，無拘無束
庭前清涼任隨享用

音樂捲走午後時光
杯底的咖啡沒有續留之意

不等天黑
日落即離開

沒說再見

深怕打破沉靜
縱然有溫馨的感覺

2018.04.26.

一個存在主義的午後咖啡

喝咖啡
重讀《異鄉人》
找尋書裡出現咖啡的意義

咖啡無罪
喝杯咖啡竟然預伏極刑？

守母親之靈的Meursault
能不能喝咖啡
該不該喝咖啡
喝了心安與否

現實人生
一杯咖啡不對等的海海人生

何言荒謬！
如何荒誕！

他是異鄉人，是局外人
世界的陌生人
接受外人順手一遞的牛奶咖啡
看電影，到海邊戲水
摟想愛的女人
應該自然不過的吧！

能算矯情？

午後
重讀《異鄉人》
重疊著不同時空下兩個人的咖啡

沉思
如何以喝不喝「咖啡」為由
替Meursault辯解說情？

咖啡時間
一個存在主義的悶熱午後思維

　　　　　　　　　　　　　　2018.04.28.

一個人的暮影

一雙腳走了無數的路
路
繼續延伸繼續拓寬
腳已累
會癱

一雙手擁抱過的愛
展開掌心
空邈
虛幻
無所留

一雙眼睛捕攝多少景色
儲存記憶體

越拭越淡
模糊

從前，追光追星
似有的努力
無由道說

只有影子，墨色的
打從最初
就孤零
孤單

2019.02.06.初二

一個人

一個人的酒杯
——邀李白

一個人
偎靠戴奧尼索斯
奔走青紗帳高粱園

一個人
信仰腰壺裡的魔法
信奉不容冒犯的星辰

一個人
只要一只酒杯斟八分
留兩分給剛升的明月

酒杯可帶可不帶
酒到處有
明月難得天天有

一個人

來客是月
盈月必尊
豈可無酒

移動的酒杯
撼搖移動的明月
天上人間欣然相會

必然的月光酒
不必然的花間
古人今人必然同醉

2019.03.24.

——刊登《笠》331期，2019.06.15.

一個人的形影神

——邀陶淵明

畢竟三位要一體
我形我影我的神魂

三位一體
也互別苗頭互貼臉頰

形影相依最密集
形走到哪
影跟著

影神似又不似貌合
無交集
影怪神虛幻無實
神不屑影的單薄

形神必有看頭
無形
神不在
無神
形空洞：
空洞的人
無心

要喝多少酒
我形才動
我影才跟著舞
我神清醒或飄或茫酥酥
誰會動腦猜到？

2019.04.20.

—— 刊登《笠》331期，2019.06.15.

陶淵明的形影神詩把一個人的「獨」詮釋透徹（不言
「最」透徹，保留迴還空間。）。

陶淵明的這首組詩，算三位一體，一個人也可以三位一
體：形體、影子、精神。

先是具體的形與影的對答，抽象看不見的「神」凌空超駕
安撫雙方。言說三位一體，應該和諧，事實不然。

一個人可以酗酒
——陪波德萊爾

有恃無恐
一個人可以酗酒
沒有酒駕之憂（無車駕）
不擔心罰鍰（無錢受罰）

酗酒，純開心
扮演多重角色

更清楚聽到酒魂在瓶中在杯底敞懷高歌：
即將找到溫暖舒適的安頓點
賜予拾荒者撿到精神黃金，得以繼續生存下去
讓殺手心安理得，在爛醉中如狗般給貨卡輾斃
情侶對飲，一起飄飄然在夢幻樂園
更讓自命不凡獨一無二的孤獨者，享受活命的樂趣

一個人可以酗酒
可以再三續
杯莫停
好好演自己挑的舞台劇角色

　　　　　　　　　　2019.04.20.
　　　──刊登《華文現代詩》22期，2019.08.10.

補記：
波德萊爾《惡之華》輯三有「酒」詩五首。另外，輯一的
〈毒〉乙詩首節極度贊美酒。

一位豁達者的酒興
——邀蘇東坡

日子只剩下夜晚和酒精

不是天天有明月
相反的
天天可以有酒

有酒
明月就出現
那是嬋娟

月明讓酒陪
月隱要配酒

2019.05.03.

一個人茗茶

不是個人主義的茶
要對茗
也要共飲

杯不空
持溫
茶加熱

等人？
不見人
無人可等！

不言的心事隨茶葉沉澱
溫茶潤心

持續加溫
不讓心涼心冷

2019.05.01.

一個人的月光

回首東山月一痕

——賴和

留著月光
如同夢與希望的必要

賴和的月是上弦月
我的劃歸下弦月

前半生我是拼命不想工作的多餘人
下弦月順勢標誌後半生我的宿命

月亮由盈而弦
自體啃噬或耗損多少心血？
清輝落地成霜了？

臨江翻湧了？
瘦削女子必然惹人憐？

得知餘生倖存
我努力守候溫柔的單音
祈禱今後的弦夜
月光都要前來裝飾我的窗
染繪夢眠淨土

2021.01.23.

一個人的黑夜

目送落日
告別玫瑰紅的晚雲
一個走入黃昏，走進屋子

在屋裡
習慣斜坐檀木椅上
枯坐　　枯等
不等什麼
想些什麼，什麼都不想

只喜歡屋子黑暗
不點燈的黑屋
原有窗戶，讓木板密封
沒有天窗。不要星子溜進來

年紀不小的單身漢
穿著輕鬆獵人裝上衣
哲學家型的自囚犯

一整夜，星子沒來
月光在外頭流浪奔跑
被黑暗包裹
黑色的囹圄者

黑暗，伸手握不住的漆黑
廣闊無盡的暗闇
一個人愛上
獨自擁抱溫柔的寧靜

2021.01.24.

一個人

寒冬深夜，
一個人讀《雪國》

到雪鄉，必讀《雪國》
不到雪鄉，寒冬深夜，一個人要讀《雪國》

讀著讀著
《雪國》幻成《徒然草》

是癡是狂
誰在乎誰

眸光含愛
愛如戶外直飄的冷豔雪

雪飄著，飄零的是虛花
雪會融，是水，不再有雪國戀人

雪，瞬間即溶
你我盡成陌路客

執著的愛　徒然的哀
幻是空　空即無

不在雪鄉，更需回憶《雪國》

2021.02.02.

一個人望落日

坐在堤防
坐在海邊
一個人望落日

無意比年齡
比老態
是日薄西山的憐惜
是臨老入花叢的賞美

守看落日
渾圓的殷紅
堅持留存記憶層

2021.02.07.

一個人

一個人在畫廊

斑鳩在遠方呼叫
百合在山腰燦爛
我的情人忘了回來
沒有誰在乎誰

諾大的空間　精心布置
僅僅一人專屬獨有
是畫家
抑旁觀者？

退潮之後
穿不穿褲子都無所謂
湧者是誰？
誰是長年泅客？

畫貼牆
等候估者
我在畫廊　枯等估者！

一個人流連畫廊
畫廊裡填充了許多的希望跟無奈

畫無聲
悄然如中古僧院
貼標籤後母子遠離
無情
離遠走他方

我在此？
在此是我？

一檔催促一檔

畫廊長在

過客我

未知今宵夢醒何處？

2020.11.06.

──以上五首刊登《笠》詩刊342期，2021.04.15.，

頁83-85。

一個人的玫瑰園

幸福的人
擁有一座玫瑰園
（眾人睜大羨慕的眸光）

星球小王子離去了
誰能獨擁玫瑰
任花憔悴？抑不在乎

賞花人不忘香不忘蜜

玫瑰園裡
留連　徘徊　都非主流
香濃鬱
蜜黏稠

擁有一座玫瑰園
霸佔心理時時作祟
煩惱才開始

2021.01.22.

一個人坐在碼頭

碼頭是漁人的生計點
碼頭是旅人的出發點
也算終點

不平息的海水直撻岸堤
力道兇狠引爆潮騷
鐘聲般的海音叩響無常人生
挺住的岸堤是出海人的胸脯

看著海
望著帆
聽昂揚的薩克司
總有一座遠洋值得展翅

2021.04.04.

一個人在雪地

雪
純潔的
雪
輕飄的
雪
蒼白的
雪
冷酷的

雪
形而上的抒情的
雪
後現代主義的戀曲的

一個人

一個人走在雪地上
冰，竄自腳底
寒，湧自任何方
無畏
仍要堅毅走下去

春夜猶冷
尋愛的人妻安娜徘徊車站鐵軌間
夢不斷情難醒的冰天雪地

雪地獵狐後
留下幾灘鮮紅血跡
未久，飄下覆蓋的新雪

滑鐵盧役後
單騎拿破崙只敢朝微溫夕陽奔馳
忘不了大前年落荒莫斯科的急凍雪地

經歷了樸實無華的人生
終究要
一個人木木地往前往前走去
廣曠的茫茫
白色裹屍布的雪地

2021.04.04.

一個人

一個人守護一家園的詩

看似安靜
彌留之際的沉靜

其實，不！
花開的聲音
燕雀的鳴瞅
不時在耳朵甬道喧嘩

名媛過　　交際過
一夕之間
幻換成小鎮的鎮怪
素衣女巫

不要陽光不要星月
只求詩

詩裡，陽光星月都在

緊挨John Keats
靜美女子
拋出的
每一枚文字都予人溫暖

2021.04.16.

一個迷戀罌粟花的男子

可以種
不可以種
可以種在心田
不可以在現實陽台栽種

然而，遠方有罌粟田
的確，遠方的罌粟田遼闊漫延
無際的鮮紅　似血
眾多貧民照顧罌粟田
眾多荷槍士兵保護貧民

不求遼闊
只一畦
夢境裡的豔
滿足了不可思議的純美

想要的蝴蝶都會回來
翩翩的姿態
重生地由蕊心飛出
純粹的無雜質的
最血紅的惡之花

　　　　　　　　　　2021.04.22.
──以上五首刊登《笠》詩刊343期，2021.06.15.，
　　　　　　　　　　　頁83-85。

夢回綠川
——憶懷綠春年華

朦昧迷離中有一個點
微微的小點
仔細瞇視，是個小圓點
有光
青綠的遙遠卻似近身的光點

綠之光
落撒地面
漸漸加寬、變長再拉窄長
集合綠色的春天
是綠川
留連青春的小小的戀之圳溝

送給妳三月春的綠意
供我釀蜜成綠的戀情

雙手掬捧綠水

不夠

沿岸並肩　不夠

還要走入淺溪

還要春水濺潤兩人的赤足

綠的水湄保有印痕

十指緊扣

回到我們邂逅的原點

夢回綠川疊影

舊新記憶取攬重組

時時反芻

2019.09.06

——刊登《吹鼓吹詩論壇‧心象‧最美風景‧私房
　　書店專輯》39號，2019年12月。
——收進《2019年台灣現代詩選》（春暉版）2020
　　年8月，頁9-71。

一個人重回綠川

青山應該常在
綠水要直流
存在過的美絕不讓消失

水　流動
生命也流動
妥善積存記憶底層

多少年了
一雙腳不自覺地移位
呼應內裡的響聲

循著水音
靠近清冷的潺潺
探訪春之訊息

從新盛溪開始
流映過和服襲地的倩影
不同時空總會演義相似劇情

在光蠟樹苦苓林蔭影逗留
回憶似川流
不枯涸的青春碧泉

澄澈在細石間穿繞
水邊迴盪曾經的朗笑
追想跋扈的直率

淡雅小睡蓮
爭出水面綠葉
張望夢境中的天空

小白鷺早就守候櫻橋
兀立乾淨河石上
沉思心事

人造光雕巨鹿呵護岸邊
我們的愛在這一瞬間
邂逅溫暖

2020.10.08.

一個人重臨柳川

不會留意柳川的水往南或朝北
都是水流一式
在乎的是柳樹必盛鬱
自春徂冬
一身綠
單見婀娜多姿不識老態

而我多年後重臨
川流依依漣漪微微
垂柳喜迎春風

懷想普魯斯特的花漾女子
懷想微醺伴行的小手
懷想估衣場的退伍老兵

懷想校園定時鐘響
懷想小圖書館大禪慧

沐浴弦月銀輝
無牽掛漫走
當年的夢還懸在微亮的小星
不時入眠

水邊
Narcissus正鑑照曾經的故事

2021.04.09.

一個人

一瞬之光

一瞬之光
連結我們到未來

往後歲月裡
續亮持溫

2018.03.14.

一隻蚊子

一隻蚊子
叫醒你走出眠鄉

一個人
在遠方引你想思

2018.03.16.

一個人的菜園

春晨未亮
露水重
菜園裡蹲著一位農婦
揀取生活的甘草

2018.04.12.

一個人的冬至

太陽走到哪
跟著到那裡

冬至圓
溫暖圓潤

======

一個人

獨或單

二

獨　行

一個人獨自走路
一個人的路
城鎮街巷荒野山徑鄉間小路
走過的路
他人也走
人人都走

前人用腳書寫的語詞文字
風霜烙印的記痕
我細心閱讀
再添加美言新詩

後來的用路人
不論陽光雨露飛禽走獸落花
領會與否

都曾佇足哂讀續編

路
不記得名字
也懶得問人或筆記
我只路過
輕淡若飛鴿的一羽

2017.11.19.

獨　酌

飲酒的時候
誰在身邊

無人

開心，飲酒？
悶，也飲酒！

喝酒喝
醉
假裝意識不到旁邊有人

背光奔馳的影子
不再回來

酒，還需喝！

2017.10.09.

獨　白

深夜，對著掛鐘說話
鐘會有第十三聲響嗎？
白天，對著空氣
喃喃自語

一個人說話
如同邊角蜘蛛
認真尋找空隙呼吸

微弱卻閃爍不止的燈火
是哪位值得我們信任的詩人
一輩子的文字符號？

2017.11.30.

獨　坐

要蔭涼
也要太陽曬
時間悄悄流過

獨坐
看雲看樹看人看松鼠

看雲的移位、變妝、聚散
看樹的靜止、搖擺、神態、沉思
看人走動、姿態、服裝、穿著、談話
看鴿子飛上飛下、踱步、啄食、不怕生
忘了松鼠

獨坐張望

發呆有時，更多腦袋清空　灰白

2021.06.30.

孤　雲

雲
一片
獨來獨往　居無定所

偶爾
伴侶相聚同行

也會
趁機下凡成雨
為霜
瑞雪

更多時候獨行
獨
不寂寞

有另一種自以為是的容顏
和行動

即使依山幻嵐
無戀
心有所思

夢裡
獨盼與你
靈
犀
一
線
牽

2019.02.06.初二

一個人

說孤寂

登高
身旁已沒有誰
聽寂靜之聲是怎樣的聲音
噪囂之靜又如何求得

走進曠野
整片空間盡似看不見的生靈在蠕動
跋扈的晚霞即將褪色
茫然的夕照有難言的苦楚

隱入墓室墨黑的空寂
壓制驚慌下沉的悔意
空寂即死寂

擺脫夢境，感覺還有活氣
畢竟猶置身
闃黑的困井裡掙扎

詩人獨守孤寂
僅求一場虛戀

2021.07.16.

獨語獸

說了很多話
擺明嘮嘮啕啕一陣子
一陣子
有多久？

從小被訓練要雄辯要口齒伶俐
面對樹木面對銅像面對無人的廣場
滔滔不絕直放連珠炮
得獎無數掌聲更多

話繼續講
重溫曾經的話題
時間停止
空氣中迴盪當年的溫度

2021.04.01.

獨裁者

獨裁者笑臉迎人
很仁慈
經常巡狩
握人民的粗手
摸孩童的嫩臉

獨裁者日夜操勞
政事外交繁忙
有賴擁情婦才好眠

獨裁者
說話算話
說話也不是話
昨日說的今天忘記
今年說的不保證來年可行

獨裁者的法律很周密
條文字斟句酌
明確間
處處暗藏棉針
一塊當然的遮羞布

獨裁者以革命起家
反對他人用「革命」一詞
他，都是反革命份子

翻開獨裁者的書
字典裡
挖空「獨立」語詞

單行道

藏放心頭不對外言說
一個人走寂不寂寞
背著陽
影子放大拉長舖展地面
一直朝前推
無以辨識表情清楚否

一個人
走快走慢無所謂
有陪也不錯
談鬧歡欣解悶對幹都很開心
順便共同遊山玩水
合影留存話題

日正當中

一個人

誰不想歇息？
只能喝個水喘口氣
讓突來的風吹涼催眠
還不忘繼續本分

夕陽餘暉還夠溫柔
沒見過岔道
即使回首頻頻
已見不到來時路

道路
或者無路
都一個人走單方向
只能慢走　面向前　一直向前走

2021.07.15.

流雲小集

三

【前引】

如何用我
衰赭的晚霞

換妳
妍紅朝雲

★01

黃昏

截取被染色的彩霞

快速封存

內燦為時可反芻的恬美

2017.08.06.

★02

疾風催趕急雲
一夕間，風雲皆變
你的位置仍在否？

2017.10.08.

★03

雨後
雲，停滯腳步
為了等候一雙眼睛
同戀秋日的靜美時光

2017.11.04.

天，不淨空
飄浪的雲才有機會
暫歇聚伴

2017.12.02.

★05

黃昏的霞光
拉住青天
猶戀白日雲遊的風韻

2018.07.16.

★06

雲不走
化身雨水
纏著戀人的腳

2018.07.24.

★07

雲、林、水
天、山、湖
要寄情也忘情！

2018.08.21.

2018.08.21.宜蘭梅花湖

★08

雲
居高處
最懂時時參透禪意

一身飄
來去自如

2018.08.24.

★09

浮雲
停佇半空
染妝后與晨陽攜行

2019.04.22.

★10

太陽，無法直視
有請
流雲當助手

★11

雲在天，自在
水在地，悠悠

雨綿綿細細
連天接地兩依依

　　　　　　　　　　　　　2019.05.02.

★12

天空有雲
留步
供朝陽或落日彩繪

2019.05.30.

★13

整片天空
總有浮雲遮攔不住的
一角青碧
夢的行者由此出發
或者與雲同行

2019.06.03.

★14

趁鮮，出門時
用目光截取朝雲
伴隨身邊

2019.06.06.

★15

雲
聚多聚少總是雲
晴朗天氣
觀賞獨去閒的孤雲

2019.06.29.

★16

流雲被看不見的風
推遠
還刻意把影子留予水潭

2019.07.01.

★17

暖秋晴空
無憂流雲輕快移動
聽著他方的呼聲

2019.11.06.

★18

窗外流雲瞬時投影
浪漫的心跟著移
夢裡落葉覆身

2019.12.12.

★19

流雲緩緩四移
在沒留意的時刻
終至清空
一碧如海的安靜穹蒼
千年之巨鏡

2019.12.16.

一個人

★20

成為彩霞或烏雲
都非己意
雲，平凡孤單清閒

2020.01.19

★21

停滯不動的雲
灰黑白雜陳
無意自稱是浮雲

2020.01.19

★22

日照寒天
時隱時聚的浮雲
戀饗片刻暖馨

2020.02.01.

★23

陰霾連連
直等
遊雲悠閒青空

2020.02.10.

★24

封邊境封城鎖國
都是人為
誰能勒令留住雲呢？

2020.03.29.

★25

雨停　鳥鳴
就出發
找不下凡的流雲同遊

2020.04.05.

★26

晴朗天
總有一朵閒適浮雲
願意跟你同行

2020.04.29

★27

雲淡
天更青
最宜離家離教室
離工作場所

2020.05.01.

★28

午間，沉悶
懶洋洋的陽光
需要風
需要一絲絲白雲的飄動

2020.05.12.

★29

天空有雲
雲的移動美學
增添世間多彩多姿

2020.06.01.

一個人

★30

趁晴朗
浮雲不忘悠閒
獨遊

2020.12.25.

三臺疊翠

【附錄】
旅行，不一定要侶行

鄭竹君

　　我們都害怕寂寞，我們都害怕孤獨，我們都害怕一個人。所以竭盡全力地讓自己融入於群體中，陪笑、陪鬧、陪著假裝，然後忘記了，只有自己一個人，才是真正的自己。

　　要待人和善，要親切善良，要學會合作，不要孤立別人，更不要被別人孤立，也不要和多數人唱反調。從小，我就從大人的口中聽過這樣類似的話不下百遍，他們說這是做人的準則，也是交朋友的方法。我跟著做，果真有不錯的迴響，我有不少朋友，在分組作業時也從不落單。但是，漸漸的，我感覺到疲憊，在面對所謂的朋友時。有時候，必須假裝自己配合，才不會讓朋友尷尬，又或者得裝作合群，不讓朋友不愉快，就算我完全不同意他們的看法。一切都只是為了減少爭執的次數，

好讓友誼長存。

　　那天，我搭上了和朋友們反方向的公車，去了我想去的地方。只有我一個人。

　　我靠著椅背，望向窗外一幕幕閃過的風景，原本應該吵雜的公車上，在那一刻安靜不已，只剩下我自己和自己內心對話的聲音。「這才是我期待的樣子吧！」，我一邊想著，不禁嘴角上揚，同時公車也到了站。

　　我走進了台灣文學館的大門，刻意放慢了腳步，像是第一次來參觀的人那樣，仔仔細細的，把每一個展覽都看了一遍，甚至是文學館裡面的一塊塊磚頭都逃不過我的雙眼。沒有身旁原本吵雜的聊天聲，也沒有趕著要離開的不耐。離開那裡，往前走了一段路，我拿出學生證，帶點驕傲和瀟灑的走在一群遊客面前，一毛錢不付的進了孔廟。感受著古色古香紅色磚牆和綠色窗框所帶來的文學氣息，一條街的距離，時空便從日治瞬間轉換成了明鄭時期。那一個個木製的牌位刻畫著多少書本裡曾出現的人物，又乘載了多少年代的歷史意義。我多想分享內心被歷史氛圍觸動的感覺，但念頭一轉，又覺得還是自己知道就行了，否則換來的只會有一句：我不覺得，很無聊。出了全台首府的大門，我走到對街轉角的

飲料店，買了一杯烏龍茶。品著甘醇的茶香，想著今天的小旅行，這是我喜歡的樣子，也是別人不一定接受的。

　　和誰在一起都必須顧慮許多面向，就算是跟家人也是，因此，不需要為了短暫的孤獨而煩惱，更不需要為了獨自一人而擔心，這樣的時刻是更值得珍惜的，能夠真正做自己的時刻。偶爾過過自己想要的生活，獨自一人踏上旅行，不需要走太遠，就算是走出家門到對面的超商也好。

　　自己的樣子，自己看到，自己的自由，自己體會，自己的聲音，自己聽見。我的小旅行，自己一個人。

（2017.12.）

========

後記

一個人

莫　渝

孤單嗎？一個人。很多時候，都是一個人！

寂寞嗎？一個人。群聚之後，歸回一個人！

　　2015年春，一群朋友到武陵農場賞櫻。漫山的遊客，人花競豔。想起另一位朋友說，她幾乎每年都獨自一人搭客運上武陵。瞬間，閃念「一個人的花季」會是怎樣的心境？心情？歸來，完成〈一個人的花季〉，刊登《野薑花詩集》季刊第14期（2015.09.）頁90。聽畫家李欽賢講的親身經歷，寫了〈一個人的車站〉刊載同詩刊第16期（2016.03.）。隔年，應詩人靈歌約

稿，〈一個人的咖啡〉續登《野薑花詩集》季刊第22期（2017.09.）。心想，是否能按季交稿「一個人」的系列詩？再寫〈一個人的風雲〉、〈一個人的曠野〉還是刊在《野薑花詩集》第23期（2017.12.）。

2017年《文訊》雜誌製作1970年代青年詩社專輯，那個年代我歸屬「後浪・詩人季刊」。專輯需提供詩作，我將曾發表的〈X沙漠〉一詩改題〈一個人的沙漠〉再次發表。這時，《小鹿》兒童文學雜誌籌備中，認識許建崑教授。許教授是研究中國文學，是明朝文學專家，也長期專注兒童文學。《小鹿》創刊（2018年4月）後，隔年2019年1月末在清境農場舉辦「兒童文學冬令營」，與許教授再次同行。這次我有備而來，影印了已寫好的10首「一個人」的系列詩請教：如果完成詩稿約30首，能否寫序評。許教授看了影印稿，一口答應沒問題。我自然心喜，似乎打了氣。當時信心滿滿，依工作進度，預計大約同年9、10月完稿。

2019年過去了，2020年過去了。2021年也過半了。

每回見面，彼此心照不宣。有一次，許說你完稿我一禮拜交稿。我裝作沒聽清楚，沒回答。實在說，計畫多次，決心多次，最早2018.04.13.訂名，8月完稿30篇。

一年延後一年。烏龜也會抵終點了。

　　整理全稿，增加輯二獨或單、輯三流雲小集（輕體詩30首），同時將主編《笠》詩刊時策劃「詩人地誌圖像學專輯」（《笠》287期2012.02.15）寫作的兩組四篇詩文集入。當初規劃地誌圖像學，是希望詩人們提供旅遊記載分漫遊（親履、實）與神遊（臥遊、虛）兩組詩文各一共四篇。先前曾將〈X沙漠〉（虛）改題，另一首也一併改題，同時將短文附錄。因為這兩組四篇詩文寫作時間最早，就排序前端。

　　莫渝所稱的「輕體詩」，其實是早安詩。每日清晨跟朋友的問候詩，輕盈短小，輕鬆小詩，20來字，短者不及10個字，沒有設定標題，2至4、5行，3行居多，前頭加上問候語「早安！」或者：日安、晨安、Bonjour等（疫情期間，改：平安！）。從2016年初夏（6月間）開始，日寫一首早安詩的問候語輕體詩，至今（2021年7月），超過五年，總數量接近2000首。期間印製出版：《晨課》（60首）、《斑光》（80首）、《迎曦》（100首）三小冊，分別挑選自2016年、2017年、2018年，採漢英對照。

　　學生鄭竹君曾交一篇散文作業〈旅行，不一定要侶行〉，大一學生也如此一個人行動。當時就跟她預約，並入本書附錄存念。

　　《華嚴經》言：一即是多，多即是一。一棵樹產生許多果實，許多葉子來自一棵樹。如是，就不拘泥獨或群了。終歸：來到世間單行道走了一回！

2021.07.15.

致謝

幾位好友楊風、建崑、恆豪、盛彬諸兄，為淡彩的本書，擦脂抹粉，細心撰寫序評，插畫家岱昀兄繼《革命軍》、《春天ê百合》及《貓眼，或者黑眼珠》，第四度友情贊助大力操筆，為本書繪製精美插畫，一併感謝。

2021.09.05.

語言文學類　PG2653　秀詩人95

一個人

作　　者/莫渝
插　　畫/劉岱昀
責任編輯/楊岱晴
圖文排版/蔡忠翰
封面設計/劉肇昇

發　行　人/宋政坤
法律顧問/毛國樑　律師
出版發行/秀威資訊科技股份有限公司
　　　　　114台北市內湖區瑞光路76巷65號1樓
　　　　　電話：+886-2-2796-3638　傳真：+886-2-2796-1377
　　　　　http://www.showwe.com.tw
劃撥帳號/19563868　戶名：秀威資訊科技股份有限公司
　　　　　讀者服務信箱：service@showwe.com.tw
展售門市/國家書店（松江門市）
　　　　　104台北市中山區松江路209號1樓
　　　　　電話：+886-2-2518-0207　傳真：+886-2-2518-0778
網路訂購/秀威網路書店：https://store.showwe.tw
　　　　　國家網路書店：https://www.govbooks.com.tw

2022年1月　BOD一版
定價：350元
版權所有　翻印必究
本書如有缺頁、破損或裝訂錯誤，請寄回更換

讀者回函卡

國家圖書館出版品預行編目

一個人/莫渝著. -- 一版. -- 臺北市：秀威資訊
科技股份有限公司, 2022.01
　　面；　公分
　BOD版
　ISBN 978-626-7088-22-7(平裝)

863.51　　　　　　　　　110020966